# 目录

## 人剧

《我爱我家》演职员表
主演　　　　　　　　　　　　02
其他演员表　　　　　　　　　03

《我爱我家》分集信息总汇　　12
《我爱我家》歌曲总汇　　　　27

## 情

内心的平安那才是永远　文/关凌　38
1994年的几个片段　文/张越　39

## 影

《我爱我家》幕后剧照　　　　46

# 我爱我家

人

## 主演

**傅明（贾敬贤）** 文兴宇 / 饰

**贾志国** 杨立新/饰

**和平** 宋丹丹/饰

**贾志新** 梁天/饰

**贾小凡** 赵明明/饰

**贾圆圆** 关凌/饰

**张凤姑** 沈畅/饰

**薛小桂** 李眉/饰

**孟昭阳** 张永强/饰

## 其他演员表

因篇幅有限，诸多参与《我爱我家》拍摄的演员并未一一列出。

| | | |
|---|---|---|
| **郑燕红** 蔡明/饰 | **郑千里** 张瞳/饰 | **和平母亲** 韩影/饰 |
| **小史姑娘** 李野萍/饰 | **齐大姨** 吴淑昆/饰 | **李秘书** 句号/饰 |
| **环球公司经理** 李绪良/饰 | **澡堂子管理员** 张永强/饰 | **世界公司经理** 莫岐/饰 |

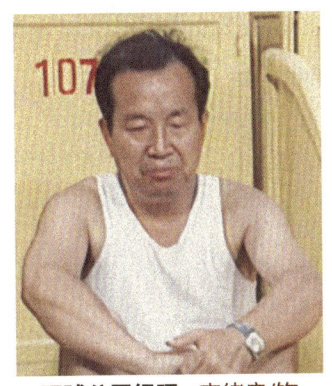

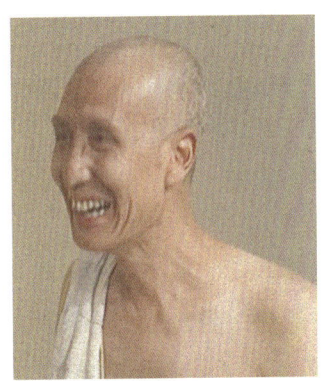

| | | |
|---|---|---|
| 刘建军　郭冬临/饰 | 刘建军媳妇　陈瑾/饰 | 余大妈　金雅琴/饰 |
| 灭鼠办梁主任　梁左/饰 | 丽达姑娘　夏力薪/饰 | 分局刑警小段　刘斌/饰 |
| 分局刑警小宋　林丛/饰 | 婚姻调解中心主任　孟瑾/饰 | 吵架丈夫　郭涛/饰 |
| 吵架媳妇　原华/饰 | 尤主编　王奎荣/饰 | 交通警察　刘小宁/饰 |

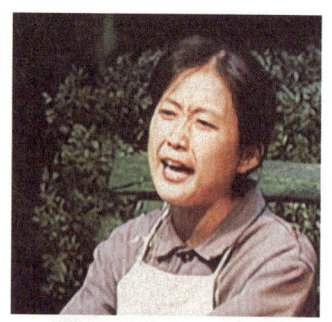

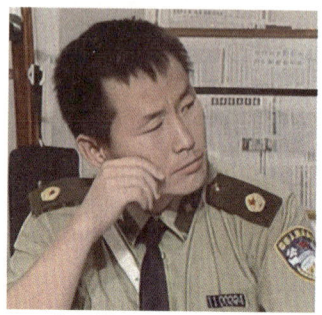

| | | |
|---|---|---|
| 女中学生刘爱锋　宁宁/饰 |  合资公司职员　刘金山/饰 |  家庭妇女　唐纪琛/饰 |
| 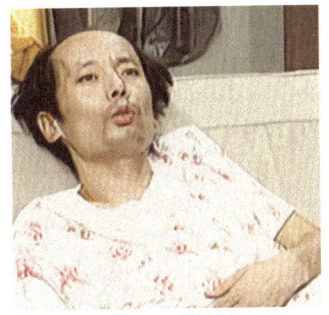 纪春生　葛优/饰 |  赵老师　孙凤英/饰 |  张国荣经纪人　李耕/饰 |
|  文怡　颜美怡/饰 |  宝财哥　谢园/饰 |  春花　李梅/饰 |
| 《京华纵横》摄像师　英宁/饰 | 《京华纵横》马主持　马羚/饰 |  孟昭晖　刘威/饰 |

| | | |
|---|---|---|
| 小晴表妹　陶慧敏/饰 | 东北穴头　秦焰/饰 | 学唱大鼓少女　林丛/饰 |
| 和平单位工会主席老赵　李成儒/饰 | 医院大夫　英壮/饰 | 小翠　杨青/饰 |
| 胡三　何冰/饰 | 阿文　濮存昕/饰 | 试用家政服务员小兰　贾乐松/饰 |
| 李大妈　李明启/饰 | "耶稣同志"　王志文/饰 | 多疑老婆　江珊/饰 |

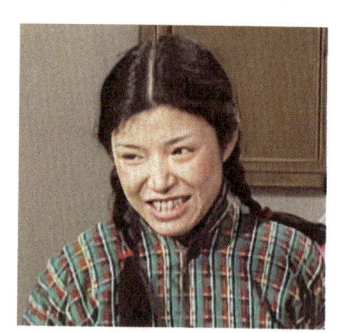

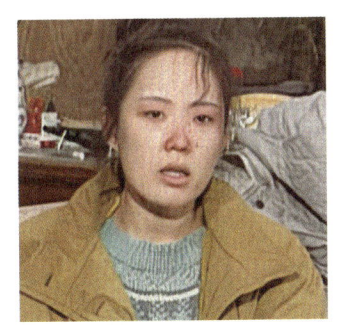

| | | |
|---|---|---|
| **女花痴** 林丛/饰 |  **胡学范** 英若诚/饰 |  **胡太太** 郑振瑶/饰 |
|  **陈大妈** 唐纪琛/饰 |  **吴颖老师** 谢芳/饰 |  **方方妈** 杨桂香/饰 |
|  **任远** 刘蓓/饰 |  **杨大夫** 英壮/饰 |  **崔秀芳** 方青卓/饰 |
|  **崔大壮** 吕小品/饰 |  **贾淑芬** 李婉芬/饰 |  **和平单位李阿姨** 金昭/饰 |

| | | |
|---|---|---|
| 送保姆费的小张　刘静荣/饰 | 看大门的冯导演　李丁/饰 | 苏老板　李雪健/饰 |
| DEC电脑公司总裁　英达/饰 | DEC电脑公司随从　莫大伟/饰 | 和珅第九代传人　雷恪生/饰 |
| 贾似道第三十五代亲孙女　林丛/饰 | 赵忠祥　赵忠祥/饰 | 被辨别人之一　姜武/饰 |
| 被辨别人之二　夏雨/饰 | 志国认定的凶手　姜文/饰 | 胡阿大　倪大红/饰 |

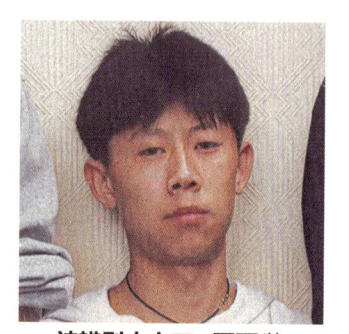

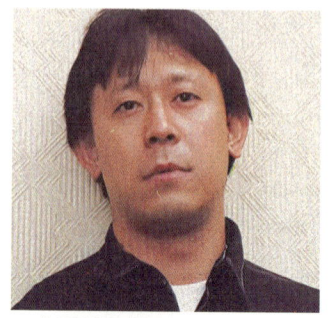

**阿大女儿** 林丛/饰　　**志国单位小林** 牛莉/饰

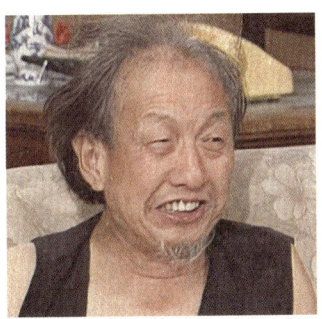

**小黄父亲** 黄宗洛/饰　　**志国单位清洁工潘大姐** 王领/饰

**唱大鼓的骆日** 马羚/饰　　**孟昭阳新交的女朋友** 梁欢/饰

**杨大夫的爸爸** 牛星丽/饰　　**徐小莉** 宋春丽/饰

我爱我家

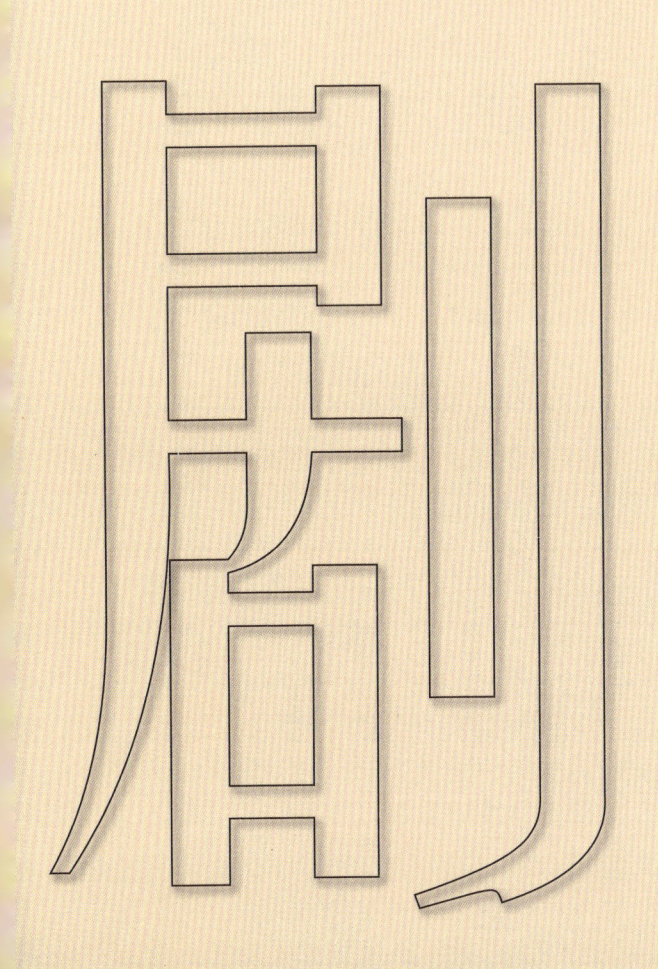

剧

## 《我爱我家》分集信息总汇

| 集号 | 集名 | 编剧 | 片头曲 | 我爱我歌 | 片尾曲 | 客座明星/其他演员 | 花絮 |
|---|---|---|---|---|---|---|---|
| 第1集 | 发挥余热（上） | 梁左 | 章鹏《会飞的心》 | | | | |
| 第2集 | 发挥余热（下） | 梁左 | 章鹏《会飞的心》 | | | | |
| 第3集 | 我们的愚人节 | 英壮 | | 章鹏《会飞的心》 | 韩磊《你是我的家》 | 蔡明 | |
| 第4集 | 也算失恋 | 英壮 | 章鹏《会飞的心》 | 章鹏《会飞的心》 | 戴娆《你是我的家》 | 张明 蔡红 乔国华 曾绍辉 史 | |
| 第5集 | 亲家母到俺家（上） | 英壮 | 章鹏《会飞的心》 | | | 韩影 | |
| 第6集 | 亲家母到俺家（下） | 梁左 | 章鹏《会飞的心》 | | 韩磊《你是我的家》 | 韩影 吴淑昆 李野萍 | |
| 第7集 | 骗子 | 英壮 | | 韩磊《我不想输》 | | 李绪良 张永强 吕国宾 句号 莫岐 | |

12

| 集数 | 标题 | 编剧 | 插曲 | 插曲 | 演唱 |
|---|---|---|---|---|---|
| 第8集 | 既然曾经爱过 | 英壮 | | | 郭冬临<br>陈瑾 |
| 第9集 | 灭鼠记（上） | 梁左 | 章鹏《会飞的心》 | 陈琳《你是我的家》 | 金雅琴<br>张瞳 |
| 第10集 | 灭鼠记（下） | 梁左 | | | 金雅琴<br>张瞳<br>梁左 |
| 第11集 | 无线寻踪（上） | 英壮 | 章鹏《会飞的心》 | 韩磊《你是我的家》 | 夏力薪<br>蔡明<br>刘斌<br>林丛<br>张世瑞 |
| 第12集 | 无线寻踪（下） | 英壮 | | 戴娆《你是我的家》 | 夏力薪<br>蔡明<br>刘斌<br>林丛 |
| 第13集 | 奖券的诱惑（上） | 英壮 | 章鹏《会飞的心》 | | 蔡明<br>张瞳<br>金雅琴<br>张世瑞 |

| 集数 | 剧名 | 编剧 | 作曲 | 演唱 | 演员 | 备注 |
|---|---|---|---|---|---|---|
| 第14集 | 奖券的诱惑（下） | 英 壮 | | | 王奎荣 金雅琴 孟 瑾 原 华 郭 涛 | 有 |
| 第15集 | 初次下海 | 梁 左 | 章 鹏《会飞的心》 | 陈 琳《你是我家》 | 蔡 明 | |
| 第16集 | 毁我爸一道 | 梁 左 | | 韩 磊《你是我家》 | 刘小宁 金雅琴 宁 宁 刘金山 唐纪琛 | |
| 第17集 | 不速之客（上） | 英 壮 | 章 鹏《会飞的心》 | | 葛 优 | 有 |
| 第18集 | 不速之客（下） | 英 壮 | | 陈 琳《你是我家》 | 葛 优 张世瑞 | |
| 第19集 | 大气功师 | 英 壮 | 章 鹏《会飞的心》 | | 金雅琴 张 瞳 于 力 | |
| 第20集 | 心中的明星 | 英 壮 | | 戴 饶《你是我家》 | 孙凤英 | 有 |
| 第21集 | 女儿要远航 | 梁 左 | 章 鹏《会飞的心》 | | 李 耕 | |

| | | | | | |
|---|---|---|---|---|---|
| 第22集 | 原则问题 | 梁 左 | | | 顾美怡 |
| 第23集 | 双鬼拍门（上）| 英 壮 | 章 鹏《会飞的心》| 瑛 侠《喂！别吵》| 金雅琴 有 |
| 第24集 | 双鬼拍门（下）| 英 壮 | | | 谢 园 |
| | | | | 戴 饶《你是我的家》| 李 梅 |
| 第25集 | 爱你再商量 | 梁 左 | 章 鹏《会飞的心》| | 谢 园 |
| | | | | 韩 磊《你是我的家》| 李 梅 |
| 第26集 | 电视采访 | 英 壮 | 章 鹏《会飞的心》| | 金雅琴 |
| | | | | 戴 饶《你是我的家》| 刘 威 |
| 第27集 | 健康老人（上）| 英 壮 | 章 鹏《会飞的心》| | 马 羚 |
| | | | | | 金雅琴 |
| 第28集 | 健康老人（下）| 英 壮 | | | 英 宁 |
| | | | | 韩 磊《你是我的家》| 张 瞳 |
| | | | | | 蔡 明 |
| | | | | | 金雅琴 |
| 第29集 | 2020动态 | 梁 左 | 章 鹏《会飞的心》| | 张 瞳 有 |
| | | | | | 蔡 明 |
| | | | | | 金雅琴 |

15

| | | | | | |
|---|---|---|---|---|---|
| 第30集 | 再也不能这样活 | 英 壮 | | | 张 瞳<br>金雅琴<br>张申燕 |
| 第31集 | 在那遥远的地方（上） | 梁 左 | 章 鹏<br>《会飞的心》 | | |
| 第32集 | 在那遥远的地方（下） | 梁 左 | 章 鹏<br>《会飞的心》 | 韩 磊<br>《告诉你我是真的》 | 周艳泓<br>《告诉你我是真的》 | 刘 威 |
| 第33集 | 近亲（上） | 梁 左 | 章 鹏<br>《会飞的心》 | | | 陶慧敏 |
| 第34集 | 近亲（下） | 梁 左 | | 杨 洋<br>《天气不错心情也不错》 | | 陶慧敏 |
| 第35集 | 潇洒走一回（上） | 梁 左 | 章 鹏<br>《会飞的心》 | | 戴 娆<br>《你是我的家》 | 有 |
| 第36集 | 潇洒走一回（下） | 梁 左 | 章 鹏<br>《会飞的心》 | | 陈 琳<br>《你是我的家》 | 秦 焰<br>林 丛 |
| 第37集 | 死去活来（上） | 梁 左 | 章 鹏<br>《会飞的心》 | 韩 磊<br>《告诉你我是真的》 | 陈 琳<br>《你是我的家》 | 蔡 明 |
| 第38集 | 死去活来（下） | 梁 左 | | | 毛阿敏<br>《诺言》 | 蔡 明<br>英 壮<br>李成儒<br>张世瑞 |
| 第39集 | 都不容易（上） | 英 壮 | 章 鹏<br>《会飞的心》 | | 韩 磊<br>《你是我的家》 | 杨 青 |

| | | | | | |
|---|---|---|---|---|---|
| 第40集 | 都不容易（下） | 英 壮 | | 韩 磊《你是我的家》 | 杨 青 |
| 第41集 | 从头再来（上） | 吴 彤梁 欢 | 那 英《心的四季》 | 毛阿敏《诺言》 | 蔡 明 |
| 第42集 | 从头再来（下） | 吴 彤梁 欢 | | 毛阿敏《诺言》 | 何 冰 |
| 第43集 | 请你来帮助我（上） | 梁 欢刘国华 | 那 英《心的四季》 | | 黎 明 |
| 第44集 | 请你来帮助我（下） | 刘国华梁 欢 | | | 蔡 明濮存昕 |
| 第45集 | 大侦探 | 梁 欢束 焕 | 红 豆《心的四季》 | 牟 青《拉着你的手》 | 何 冰 |
| 第46集 | 生活之友 | 梁 焕张 越 | | 章 鹏《诺言》 | 李明启 |
| 第47集 | 远走高飞（上） | 张 越梁 左 | | | 贾乐松 |
| 第48集 | 远走高飞（下） | 张 越梁 左 | 红 豆《心的四季》 | 毛阿敏《诺言》 | 金淮琴 |
| | | 梁 左张 越 | 《心的四季》 | 毛阿敏《诺言》 | 江 珊王志文林 丛 | 有 |
| | | | | 陈 琳《拉着你的手》 | 刘 威 | 有 |
| | | | | 章 鹏《诺言》 | | 有 |

| 集数 | 标题 | 导演 | 主题曲 | 插曲 | 片尾曲 | 片花 |
|---|---|---|---|---|---|---|
| 第49集 | 恩怨（上） | 英 达 | 红 豆《心的四季》 | | | 张 瞳 英若诚 英 壮 |
| 第50集 | 恩怨（下） | 张 越 张 达 | | | | 英若诚 郑振瑶 |
| 第51集 | 儿女正当好年华（上） | 英 达 梁 欢 | 那 英《心的四季》 | | 毛阿敏《诺言》 | 谢 芳 唐纪琛 |
| 第52集 | 儿女正当好年华（下） | 梁 欢 梁 左 | | | | 谢 芳 |
| 第53集 | 爱情导师 | 孙健敏 梁 左 | 那 英《心的四季》 | 牟 青《拉着你的手》 | 章 鹏《诺言》 | 唐纪琛 |
| 第54集 | 但行好事 | 冯 俐 梁 左 | | | 毛阿敏《诺言》 | 唐纪琛 杨桂香 |
| 第55集 | 让你欢喜让你忧 | 梁 欢 梁 左 | 那 英《心的四季》 | | 章 鹏《诺言》 | 刘 蓓 |
| 第56集 | 重塑自我 | 冯 俐 梁 左 | 那 英《心的四季》 | 陈 琳《拉着你的手》 | 毛阿敏《诺言》 | |
| 第57集 | 失落的记忆（上） | 英 壮 梁 左 | 红 豆《心的四季》 | | | 英 壮 唐纪琛 |
| 第58集 | 失落的记忆（下） | 英 壮 梁 左 | | | 毛阿敏《诺言》 | 唐纪琛 |
| 第59集 | 希望在人间（上） | 赵志宇 梁 左 | 那 英《心的四季》 | | | 有 |

| | | | | | |
|---|---|---|---|---|---|
| 第60集 | 希望在人间（下） | 梁左 冯俐 | | | 有 |
| 第61集 | 村里有个姑娘叫小芳（上） | 梁欢 左 | 那英《心的四季》 | 牟青《拉着你的手》 | 方青卓 吕小品 |
| 第62集 | 村里有个姑娘叫小芳（下） | 梁欢 左 | 那英《心的四季》 | | 方青卓 吕小品 |
| 第63集 | 捉鬼记（上） | 孙健敏 梁 左 | | 毛阿敏《诺言》 | |
| 第64集 | 捉鬼记（下） | 梁左 孙健敏 | | 陈琳《拉着你的手》 | 有 |
| 第65集 | 姑妈从大洋彼岸来（上） | 梁欢 左 | 红豆《心的四季》 | 陈琳《拉着你的手》 | 李婉芬 英若诚 郑振瑶 |
| 第66集 | 姑妈从大洋彼岸来（下） | 梁欢 左 | 那英《心的四季》 | 韩磊《你是我的家》 | 李婉芬 英若诚 郑振瑶 |
| 第67集 | 罪与罚 | 赵志宇 梁 左 | | 毛阿敏《诺言》 | |
| 第68集 | 心病 | 梁欢 左 | 红豆《心的四季》 | 章鹏《诺言》 | 金雅琴 英若诚 有 |
| 第69集 | 独立宣言（上） | 梁欢 孙健敏 | | 陈琳《拉着你的手》 | 有 |

19

| | | | | | |
|---|---|---|---|---|---|
| 第70集 | 独立宣言（下） | 孙健敏 | | | |
| 第71集 | 一仆二主 | 梁 欢 | 那 英《心的四季》 | 陈 琳《拉着你的手》 | 毛阿敏《诺言》 英若诚 郑振瑶 |
| 第72集 | 合家欢 | 赵志宇 | | | 章 鹏《诺言》 |
| 第73集 | 聚散两依依（上） | 梁 欢 | 红 豆《心的四季》 | | |
| 第74集 | 聚散两依依（下） | 梁 左 | | | |
| 第75集 | 剧组在我家 | 梁 欢 | 那 英《心的四季》 | 陈 琳《拉着你的手》 | 毛阿敏《诺言》 王丽娜 |
| 第76集 | 冲冠一怒为红颜 | 梁 欢 | 那 英《心的四季》 | 韩 磊《我不想输》 | 毛阿敏《诺言》 |
| 第77集 | 妈妈只生我一个（上） | 赵志宇 | 红 豆《心的四季》 | 瑛 侠《喂！别吵》 | |
| 第78集 | 妈妈只生我一个（下） | 梁 欢 | | | 毛阿敏《诺言》 唐纪琛 金 昭 |
| 第79集 | 享受孤独 | 梁 左 | 那 英《心的四季》 | | 唐纪琛 刘静荣 宋帮会 |

20

| | | | | | |
|---|---|---|---|---|---|
| 第80集 | 老有所为 | 孙健敏 梁 欢 | | | 李 丁 王志鸿 唐纪琛 英若诚 吴 彤 王小京 |
| 第81集 | 情暖童心（上） | 梁 欢 臧 里 | 红 豆 《心的四季》 | 毛阿敏 《诺言》 | 李雪健 韩 飞 |
| 第82集 | 情暖童心（下） | 臧 里 梁 欢 | | | 李雪健 韩 飞 |
| 第83集 | 家庭吉尼斯 | 汤一原 梁 欢 | 那 英 《心的四季》 | 毛阿敏 《诺言》 | 有 |
| 第84集 | 世态炎凉 | 梁 欢 梁 左 | 那 英 《心的四季》 | | 英若诚 何 冰 |
| 第85集 | 大奖（上） | 梁 欢 梁 左 | 红 豆 《心的四季》 | 毛阿敏 《诺言》 | 英若诚 何 冰 |
| 第86集 | 大奖（下） | 梁 欢 梁 左 | | | 英若诚 英 达 莫大伟 有 |
| 第87集 | 卡拉OK | 梁 欢 梁 左 | 那 英 《心的四季》 | 毛阿敏 《诺言》 | |

| | | | | | |
|---|---|---|---|---|---|
| 第88集 | 饭局 | 梁 欢<br>梁 左 | | | 有 |
| 第89集 | 名门之后（上）| 梁 欢<br>欢 希<br>李 臧 | 红 豆<br>《心的四季》| 章 鹏<br>《诺言》| 韩 影<br>雷恪生<br>林 丛<br>雷瑞琴<br>江永波 |
| 第90集 | 名门之后（下）| 梁 欢<br>李 春 | | 章 鹏<br>《诺言》| |
| 第91集 | 神秘来信 | 梁 欢<br>梁 左 | 那 英<br>《心的四季》| 毛阿敏<br>《诺言》| 陈 琳<br>《拉着你的手》| 赵忠祥 |
| 第92集 | 目击者 | 梁 欢<br>臧 里 | 那 英<br>《心的四季》| | 章 鹏<br>《诺言》| 姜 文<br>刘 斌<br>林 丛<br>金雅琴<br>姜 武<br>夏 雨<br>烈 子<br>二 勇<br>英 达（画外）| 有 |
| 第93集 | 谁比谁傻（上）| 张 越<br>梁 左 | 那 英<br>《心的四季》| 陈 琳<br>《拉着你的手》| 倪大红<br>英若诚<br>郑振瑶 |

| | | | | | |
|---|---|---|---|---|---|
| 第94集 | 谁比谁傻（下） | 梁 左<br>张 越 | | | 倪大红<br>英若诚<br>郑振瑶<br>林 丛 | 有 |
| 第95集 | 特别的爱给特别的你（上） | 梁 欢<br>梁 左 | 那 英<br>《心的四季》 | | 毛阿敏<br>《诺言》 | 马 羚<br>牛 莉<br>陈心黎 | 有 |
| 第96集 | 特别的爱给特别的你（下） | 梁 欢<br>梁 左 | | | 毛阿敏<br>《诺言》 | 马 羚<br>梁 欢<br>吴春力 | 有 |
| 第97集 | 女儿带来男同学（上） | 戴明宇<br>梁 左 | 那 英<br>《心的四季》 | 陈 琳<br>《拉着你的手》 | | 王 斌 | |
| 第98集 | 女儿带来男同学（下） | 戴明宇<br>梁 左 | | | 章 鹏<br>《诺言》 | 王 斌<br>孙凤英<br>王小京<br>胡晓彬<br>杨光远 | 有 |
| 第99集 | 94'世界杯 | 梁 欢<br>梁 左 | 红 豆<br>《心的四季》 | 陈 琳<br>《拉着你的手》 | | 英若诚<br>英 壮<br>牛星丽 | |

| 集数 | 标题 | | | | | |
|---|---|---|---|---|---|---|
| 第100集 | 小饭桌 | 梁欢 左 | | | 英若诚 | 有 |
| 第101集 | 彩云易散(上) | 戴明宇 梁 左 | 那 英《心的四季》 | 陈 琳《拉着你的手》 | 毛阿敏《诺言》 | 郑振瑶 唐纪琛 关 柯 |
| 第102集 | 彩云易散(下) | 何 鲤 梁 越 | 那 英《心的四季》 | 陈 琳《拉着你的手》 | 毛阿敏《诺言》 | 有 |
| 第103集 | 好缺点 | 张 越 梁 左 | 那 英《心的四季》 | 陈 琳《拉着你的手》 | | |
| 第104集 | 新的一页 | 梁 左 张 越 | | | 章 鹏《诺言》 | 孙凤英 |
| 第105集 | 芝麻开门(上) | 戴明宇 梁 左 | 那 英《心的四季》 | | 章 鹏《诺言》 | |
| 第106集 | 芝麻开门(下) | 梁 左 戴明宇 | | | | 金雅琴 |
| 第107集 | 真真假假(上) | 张 越 梁 左 | 红 豆《心的四季》 | 陈 琳《拉着你的手》 | | 有 |
| 第108集 | 真真假假(下) | 梁 左 张 越 | 红 豆《心的四季》 | | 毛阿敏《诺言》 | 英若诚 |
| 第109集 | 8.18案件 | 梁 欢 汤一原 | | 陈 琳《拉着你的手》 | | |

| | | | | | |
|---|---|---|---|---|---|
| 第110集 | 葵花向阳 | 赵志宇 梁 左 | | | 有 |
| 第111集 | 风声（上） | 梁 左 | 那 英 《心的四季》 | 牟 青 《拉着你的手》 | 毛阿敏 《诺言》 | 英若诚 英 壮 金淮琴 吕文铮 |
| 第112集 | 风声（下） | 梁 左 | | | 英若诚 英 壮 金淮琴 吕文铮 | 有 |
| 第113集 | 就职演说 | 梁 左 | 红 豆 《心的四季》 | 陈 琳 《拉着你的手》 | 韦 鹏 《诺言》 | |
| 第114集 | 优化组合 | 梁 左 | | 陈 琳 《拉着你的手》 | | 有 |
| 第115集 | 今天的你我（上） | 梁 欢 臧 希 | 那 英 《心的四季》 | | 毛阿敏 《诺言》 | 黄宗洛 牟 莉 王 领 |
| 第116集 | 今天的你我（下） | 臧 希 梁 欢 | | | 韦 鹏 《诺言》 | 宋春丽 |
| 第117集 | 为情所困（上） | 张 越 梁 左 | 红 豆 《心的四季》 | | | 韩 影 宋春丽 |
| 第118集 | 为情所困（下） | 梁 左 张 越 | | | 毛阿敏 《诺言》 | 蔡 明 英若诚 蔡 明 |

| | | | | |
|---|---|---|---|---|
| 第119集 | 我爱我家（上） | 英 达<br>梁 左 | 那 英<br>《心的四季》 | | 英 达<br>梁 左<br>英 壮<br>林 丛<br>王小京等<br>众多剧组演职人员 |
| 第120集 | 我爱我家（下） | 梁 左<br>英 达 | | 韩 磊<br>《你是我的家》 | 毛阿敏<br>《诺言》 | 英 达<br>梁 左<br>英 壮<br>金雅琴<br>金 昭<br>梁 欢<br>王小京<br>吴 彤<br>陈艳光等<br>众多剧组演职人员 |

虽然"我爱我家全球影迷会"多方考察和请教，可终因年代久远，一些演员的名字这次没能列出。但我们相信，他们出色的表演已深深印在观众们心底。

## 《我爱我家》歌曲总汇

## 会飞的心

**作词：甲丁　作曲：关峡　演唱：章鹏**

不知道什么时候，
学会了走路，
什么时候学会了哭。
不知道什么时候，
学会了沉默，
什么时候学会了倾诉。

抖抖落在睫毛上的土，
才发现熟悉的也会生疏。
或许做梦时误会了自己，
否则怎么能有醒来后的孤独。

看看留在背影里的路，
才明白模糊的也会清楚。
就算不小心失约了早晨，
总会还有下一班车带我去忙碌。

想得太多，梦得太多，我糊涂；
想得太少，梦得太少，我盲目。
想低声说句不在乎，
可会飞的心总是在高处。

## 你是我的家

作词：甲丁　作曲：关峡　演唱：韩磊/戴娆/陈琳

我的家庭真可爱，
清洁美丽又安详。
兄弟姐妹很和气，
大人孩子都健康。

你是我记忆中忘不了的温存，
你是我一生都解不开的疑问。
你是我怀里永远不懂事的孩子，
你是我身边永远不变心的爱人。

你是我迷路时远处的那盏灯，
你是我孤单时枕边的一个吻。
你是我爱你时改变不了的天真，
你是我怨你时刻在心头上的皱纹。

你是我情愿为你付出的人，
你是我不愿让你缠住的根。
你是我远离你时永远的回程票，
你是我靠近你时开着的一扇门。

## 喂！别吵！

**作词：甲丁　作曲：关峡　演唱：瑛侠**

习惯了风风火火的大清早，
走惯了说说笑笑的人行道，
我在梦的衣裳中涂满流行色，
是想亮一亮自己的玩笑，
自己走着瞧。

看惯了来来去去的操劳，
听惯了反反复复的劝告，
我在心的橱窗里挂满未知数，
是想数一数自己的爱好，
自己牵着跑。

喂！别吵！
我的秘密也许你已知道，
别把说过的烦我的耳朵。

喂！别吵！
给我留些梦幻，
留个新奇的未来，
我想自己划句号。

喂！别吵……

## 告诉你我是真的

作词：甲丁　作曲：关峡　演唱：周艳泓/韩磊

我以为既然都认真过，
何必总重复当初的承诺。
想不到同一条路上的你我，
不经意时也会擦肩而过。

或许是因为已拥有了你，
才会淡漠这曾经的选择。
就在你学会了无所谓地对我，
才明白爱没有多余的片刻。

告诉你我是真的，
否则风吹来的时候，
怎么会把你的手紧握。

告诉你我是真的，
否则在你回家的时候，
怎么会有一杯茶很热很热。

## 天气不错心情也不错

作词：甲丁　作曲：关峡　演唱：杨洋

不在乎是哭，
不在乎是乐，
谁也难说同样的问题答案有几个。
无所谓表达，
无所谓沉默，
为在一起何必要知道各自想什么。

为谁在等待，
为谁在奔波，
走走停停可心的方向却只有一个。
习惯了冷落，
习惯了亲热，
恩怨再多眼泪和笑容毕竟是真的。

把世界暂时关在窗外，
让这里的天空不要太淡，
消化了希望和失望以后，
我——天气不错心情也不错！

# 我不想输

**作词：甲丁　作曲：关峡　演唱：韩磊**

忙忙碌碌了多少天，从没太在意。
猛然回头看自己，有些对不起。
才赶上迟到的头班车，却丢了行李。
也许是因为追梦时，走得有点急。

心中拥挤的心问题，
没有时间来清理。
可总说豪言和壮语，
却总是感觉没底气。

想打开幻想的封条，
可勇气我又凑不齐。
原来和今天说再见，
其实也不容易。

我不想输在回忆中，
把原来的我忘记。
可当我认准该走的路，
又迷失了我自己。

我不想输在回忆中，
和现在的我远离。
可走进人群我才发现，
我还是我自己。

# 诺言

**作词：陈涛　作曲：关峡　演唱：毛阿敏/章鹏**

为一句无声的诺言，
默默地跟着你这么多年。
当你累了倦了或是寂寞难言，
总是全心全意地出现在你面前。

爱是一个长久的诺言，
平淡的故事要用一生讲完。
光阴的眼中你我只是一段插曲，
当明天成为昨天，
昨天成为记忆的片段，
泪水与笑脸都不是永远。

向天空大声地呼喊，
用心地试过了这么多年。
当你热情迸发或是痛苦难言，
谁的诺言会真的实现在你身边。

爱是一个浪漫的诺言，
快乐的内容每天都在变换。
人心在飞转谁能让你我停留，
当相逢成为再见，
再见成为遥远的思念，
内心的平安那才是永远。

# 心的四季

作词：陈涛　徐安利　作曲：关峡　演唱：那英/红豆

心的四季从天上吹过，
满天尘埃飘散在心的角落。
就像是游荡在梦中追逐的沙漠，
追逐之中我无处可躲。

冬天的雪把都市淹没，
留住许多即将远去的飘泊。
又想起有个人还在真心地等我，
情到深处我如此软弱。

酒醉后也曾为爱高歌，
分明是快乐的心情却唱着失落。
悲欢的事转眼即幻，
伤心的话笑着对人说。

春夏秋冬岁月中，
得与失究竟哪个更多？
心的四季反反复复，
不知不觉暗暗交错。
究竟谁在掌握……

## 拉着你的手

**作词：徐安利　作曲：关峡　演唱：牟青/陈琳**

和你初恋的那个时候，
我们的感觉朦胧害羞。
爱一句句说个没够，
拉着你的手没有心思看星斗。

不知过了多少年以后，
少年浮动的心意不再有。
偶尔听到老歌唱起的时候，
想想当初太多的感受萦绕心头。

这种感受你有没有，
这风却是年年都有。
我拉着的还是你的手，
为什么初恋的感受只能怅然回首……

我爱我家

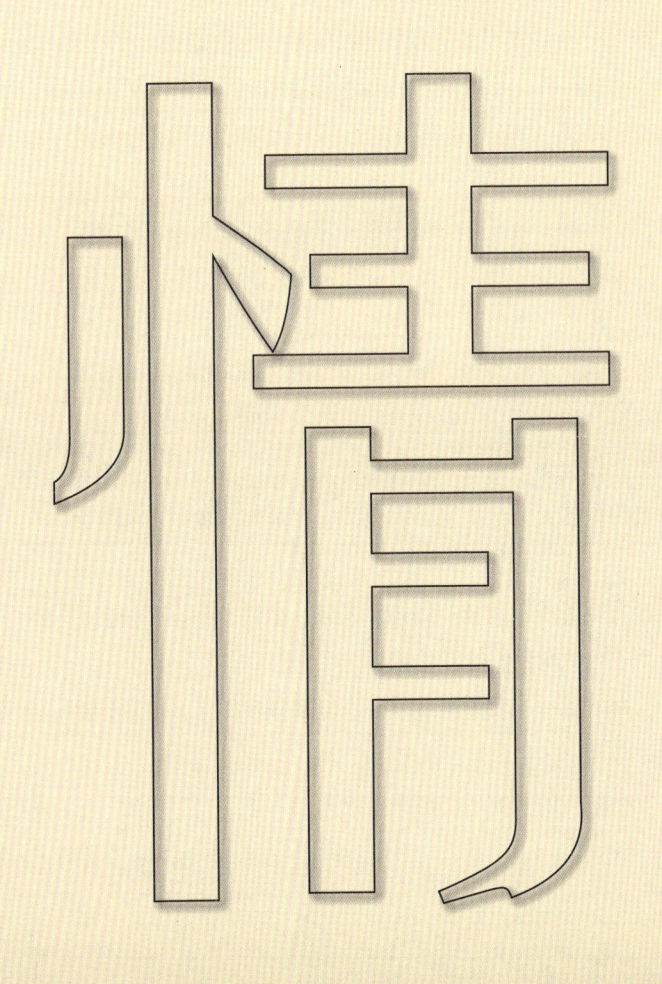

情

# 内心的平安那才是永远

文/关凌

被大家看着长大是一件幸福的事。常常有观众见到我，第一句话就是："我是看着你长大的。"一见到我，很多朋友都是脱口而出——"圆圆"！

已经过去28年了，还能被观众们认出来，着实令我开心，说明岁月这把杀猪刀并没对我下手太狠，我依然是白白胖胖、乐乐呵呵的圆圆。

随着微博、微信不断更新，通过互联网认识了很多喜欢《我爱我家》的家迷，我也用微信潜伏进了家迷群。他们每个人的名字都是与剧情相关的搞笑词，每一天都用剧中台词互相问好。看着一些我自己都不太记得的台词，看着他们做的一个个表情包，我常常乐得够呛，字里行间都看出他们对这部剧和剧中人物的爱。每每看到这些，我心里都会为我能参与到这样一部经典作品而感到骄傲。

当年上小学的我对其中很多台词可能只是背下来，而长大了之后再看，有时也悟出其中一些滋味。现在说来，《我爱我家》真是神剧——像"北京紧挨着首都""世界杯法国队赢""不去大兴"甚至"好好一孩子干吗扔了呀"都能与我们现在发生的时事挂钩，真仿佛我们的文学师梁左叔叔有预知未来的能力呢。

说到梁左叔叔，我的眼睛湿了，今年他离开我们20年了。记忆中第一次搭"乐高"玩具，是梁叔叔带我去的。在剧组想吃虾，是梁叔叔二话不说带我搭两块钱一位的"小巴"进城去五星级"昆仑饭店"吃的龙井虾仁。而他乐呵呵笑着看我的样子总那么可爱："小关凌，你长得不漂亮，但很有特点。喜剧演员就是要有特点。"如梁叔叔所说，有特点的我被大家记住了，收获了一生最宝贵的财富和更多爱我的家人。

如剧中一样，生活中我一直喊爷爷、爸爸、妈妈、二叔、小姑、畅姐……我们真的像一家人一样常常聚会、联络，而我们的群名叫"杨柳北里"。

爷爷、余奶奶、郑爷爷、胡爷爷……我的一些家人已经离开我们了，但我始终相信，他们的爱一直伴随着我。

光阴的眼中你我只是一段插曲，内心的平安那才是永远。

2021年2月1日

# 1994年的几个片段

文/张越

1994年，那是一个春天。

我从北京师范学院，现在叫首都师范大学中文系毕业不久，在一个中专当老师，老师的工作和工资都喂不饱我，所以我兼职为电视台的文艺晚会写喜剧、小品剧本，也在报纸、杂志开逗趣儿的专栏。

一天，我高中同学贾乐松——当时该人在中央电视台文艺部当编导——她对我说：

"我想从电视台离职。"

"为什么？"我很吃惊，那可是电视的鼎盛时期。谁舍得离开电视台呀！

贾乐松说："有个叫《我爱我家》的电视剧组，找我去给他们当切换导演，那电视剧特好玩儿。"

"再好玩儿拍个一年半载结束，剧组也就散了，中央台多稳定呀！"

"这我知道，"贾乐松又摆出上学时文艺女青年那副不顾死活的叛逆表情，"可是特好玩儿，我一看剧本就笑出猪一样的尖叫，我就想去干这个。"

"好玩儿"，对当时的我们来说，是一个极高的价值标准，于是贾乐松就离开电视台，奔了《我爱我家》剧组玩儿去了。

又过了一阵子，贾乐松又找我：

"你能不能来一趟广播学院（即今天的中国传媒大学）跟我们导演见一面？"

于是在北京广播学院招待所，我见到了那个戴眼镜的白胖子，唤作英达。一见这白胖汉子，我便心中一喜，这这这……这不是《围城》里的赵辛楣吗？须知《围城》是我最喜欢的电视剧之一，现在"赵辛楣"当导演了？那这个《我爱我家》还是很值得期待嘛！

遂与"赵辛楣"各据一床，盘腿而坐。听他聊美国一种叫"情景喜剧"的新鲜东西……那时候剧组通常都驻扎在一些便宜的单位招待所里，同志们在招待所标间的床上、地下各自盘腿打坐，开聊剧本，是创作的常见形态。

记得英达讲的是一个叫《我爱露西》的美国喜剧，大概就是一个胖胖的黑人妇女去不同的人家当保姆，遇到的各种好玩儿的故事。

"每集很短，但全剧很长，想拍多久拍多久。"导演说，"剧本一边写一边拍，现实生活中社会上发生了什么新鲜事儿，随时写进去，跟做电视栏目似的，演员能从年轻演到年老，与观众互相陪伴，非常亲近的感觉。"

"那真新鲜。"我说。

"所以，我们要拍一个情景喜剧，你来参加写剧本吧。"导演发出邀约。

"啊……啊？我可不会写。"

"不会写怕什么？"导演很想得开，"反正谁都不会写，全中国也没人写过，试试呗。"

"可是我连电视剧都没写过，就会写小品。"

"所以我才找你呢。"导演说，"在电视台写小品的有个优点，快！固定栏目，每礼拜到点儿就播，剧本必须写好，不能拖沓儿，我这儿现在边写边拍，剧本要得急，编剧忙不过来，所以需要找快手儿。我听人说你写剧本跟上厕所似的，蹲下扑通扑通，一会儿工夫就拉完了，站起来走了。"

我："……"

后来我才了解这个剧组有句口号叫"宁伤交情不伤包袱"。说话必须有哏，为了哏伤了谁的面子都活该，不许生气。

又过了很多年，在纪念《我爱我家》播出二十周年的活动中，我谈到了这一段，结果带歪了整场节目。只要说到创作，大家都用大小便打比方。

"都怪你，都没法儿在电视台播出了，显得咱们剧组特低级趣味。"他们说。

那天我跟导演要了几期已完稿的剧本，署名梁左，拿回家一看，我也笑出了猪叫声，兴奋得夜不能寐，索性不睡了，到第二天早晨写出了个上下集，叫《老傅病了》，后改名《真真假假》。就是老爷子为了刷存在感装病求关注，结果被医院误诊了癌症，大受惊吓，留遗嘱，弄得全家人哭笑不得的那个故事。

导演拿到本子，据说他也乐得睡不着觉。其实里面最好玩儿的段落，是老爷子吹嘘自己的伟大历程，如何与毛主席、周总理并肩战斗，但吹得太厉害有点儿圆不回来……这场戏整个删掉没敢拍，怕被批评不尊重老干部，可惜了那些包袱。

这两期本子写完就算通过试用期可以正式上岗了。

"请你于某年某月某日，下午某点，去红庙路边某某处对接编剧组负责人梁左。"我得到这个指令。

后来我才明白为什么是这么奇怪的接头方式,因为梁左老爸在《人民日报》工作,他家住红庙《人民日报》院儿里,所以每周定时在家门口马路边发活儿收本子。

那天,我到接头地点正赶上两个年轻编剧去交稿儿,好像他们拖期拖得厉害,已经到了马上要拍的时间点,他们的本子质量又不行,作为文学师的梁左应该十分焦虑,于是就暴走了,朝两个年轻编剧大声嚷嚷。我一看,当场就慌了,那时候的职场环境与现在不同,八十年代大学生很珍贵,尤其女大学生,在单位通常都被领导同事照顾着,没挨过骂,面对这种有攻击性的激烈场面,我完全不知所措,一句话不敢跟梁左说,扭头上了一辆公交车,去广院找导演辞职去了。

"导演,导演,我不参加了,你们的编剧太厉害,骂人。"

"他又没骂你。"

"万一他骂我呢?"

"有人耽误事儿他才骂的,你不耽误事儿,他骂你干吗?"

"那万一他骂我呢?"

"行吧,行吧,你进另外一个编剧组直接对接我吧。"导演勇挑重担。

具体来说就是有了两个编剧组,一组组长梁左负责差不多所有编剧,二组组长英达只管俩人儿,一个我一个梁欢。我的电视剧创作生涯就这样开始了。

每周一至周六导演在广院的棚里拍戏,周日回家休息一天,我就去他家谈出一期本子的构想,然后回家写稿。下周日再去他家交上周的本子领下周的构思。印象中他家住东城一个胡同的四合院儿里,我和导演在客厅聊剧本儿,宋丹丹在旁边儿炸饺子热菜,圆乎乎的小巴图在院儿里追跑打闹,时常要被提醒:

"巴图小点声儿,大人工作呢。"

有时英若诚老先生也过来聊聊天儿、逗逗趣儿。有一天他开心地显摆了一张卡:"看见没有,这叫信用卡,有这个VISA的字样,在全世界任何国家都能用。"

我看得啧啧称奇,这是我这辈子第一次看见VISA卡。

有一次,我们的工作节奏被打乱了,盛夏的一个周四的中午,忽然接到英达导演的电话:

"写完了吗？"

我写得差不多了，还差两场，周日交稿毫无压力，忽然虚荣心大作：

"当然写完了，随时都能交稿。"

只听电话里说："那你下楼来，我在你们家门口。"

我脑子嗡的一声，知道这回下不来台了，赶快救场：

"那个……门口太热，您去对门亚洲大酒店大堂，那儿有冷气，我两分钟就到。"

然后我拔了电话，关了寻呼机，趴床上就写，写得字要飞起，差不多一个钟头，赶完最后两场戏。

后来导演是这样愤怒控诉的：

"左等不来，右等不来，电话也打不通了，我又不敢走，服务员都看我，这是被谁放了鸽子了？你们敢情都是小孩儿，无所谓，我好歹是一熟脸儿。"

写完最后一个字，我把笔一扔，抓了稿子就往外跑，完全忘了，由于天热，家里又没有空调。我穿着睡觉的粉背心儿绿裤衩儿，还在头上扎了二十来个横七竖八的小辫儿。按导演的说法就是：

"服务员都等着看我这儿等谁呢。嗨，敢情一精神病，还扎一脑袋小辫儿。"

后来我再也不敢说瞎话了。

偶尔，不用上班的时候，我也去广院现场看看拍戏，拍《我爱我家》是带几百个现场观众的，所有的笑声都是现场观众的真实反应，我就坐观众席跟大家一块儿傻乐，特高兴。

有一天又去看戏，远远就见墙根儿蹲着一人，穿着旧衣服，编俩麻花辫儿，脸蛋儿红扑扑的，还挽一包袱，仔细一看，这不是我的同学贾乐松吗？

"你不当导播改逃难的啦？"

原来该同志客串了一个不安分的小保姆，就是剧中那个与小桂竞聘上岗说一口河北话，四处拍马屁、挑拨离间，最后被淘汰的贾小兰。那口河北台词至今是我们同学之间的梗。

我进入这个剧组比较晚，承担的大部分是起承转合溜缝儿的工作。比如赵明明要离组，我就负责把她写走；蔡明要离组，我也负责把她送去海南；要回来，我就把她写回来。有一个故事我比较喜欢，因为英达是北大心理学系毕业的，一直对心理学念念不忘。我们就商量了一个心理诊所打广告写错地址，把病人都招到贾家来的桥段。不过我那时候真的不懂心理学，把心理疾病跟精神病混为一谈。后来王志文、林丛客串的心理病患怎么看都像精神分裂症，这不科学，不过倒挺逗的。

《我爱我家》意外地成功。其后这波人又做了好几部情景喜剧，我参与的有《临时家庭》《电脑之家》《候车大厅》等。还和梁欢一块儿写过一个哭哭啼啼的言情剧，哪个都未能再现《我爱我家》的辉煌。

1995年底，我接受中央电视台《半边天》节目的邀请去当了主持人，就此改行。

二十年后，一个叫郑猛的记者联系我，要求采访我二十多年前的这段经历。还叫我去参加一个《我爱我家》播出二十周年纪念会，说是《我爱我家》有一个全球影迷会，好几万人呢，大家都盼着二十周年好好聚一聚。我没想到自己都快忘了的事儿，居然还有人记得。如约去了纪念会现场——鼓楼西剧场，见到了来自全国各地甚至国外回来的影迷，以及影迷会会长凉油锅。他们差不多全是80后，是在这部剧的陪伴下长大的，在座的人几乎都会背台词儿，只要有一个人站起来说：

"问苍茫大地，谁主沉浮？"

几百人一起铿锵：

"唔们、唔们、唔们！"

我真的惊了！

后来这样的纪念活动又搞过好几场，其中《三联生活周刊》的那一场，一个年轻女观众说：

"《我爱我家》我看过几百遍，但最后两集一直没看，只要不看，这个剧就没有结束，我心里就还有个惦记。"

我眼泪差点儿掉下来。

在我短暂的编剧生涯中，第一次学着当编剧就碰到了英达，碰到了《我爱我家》，碰到这样一个剧组和这样一群观众，我觉得自己十分幸运。

# 我爱我家

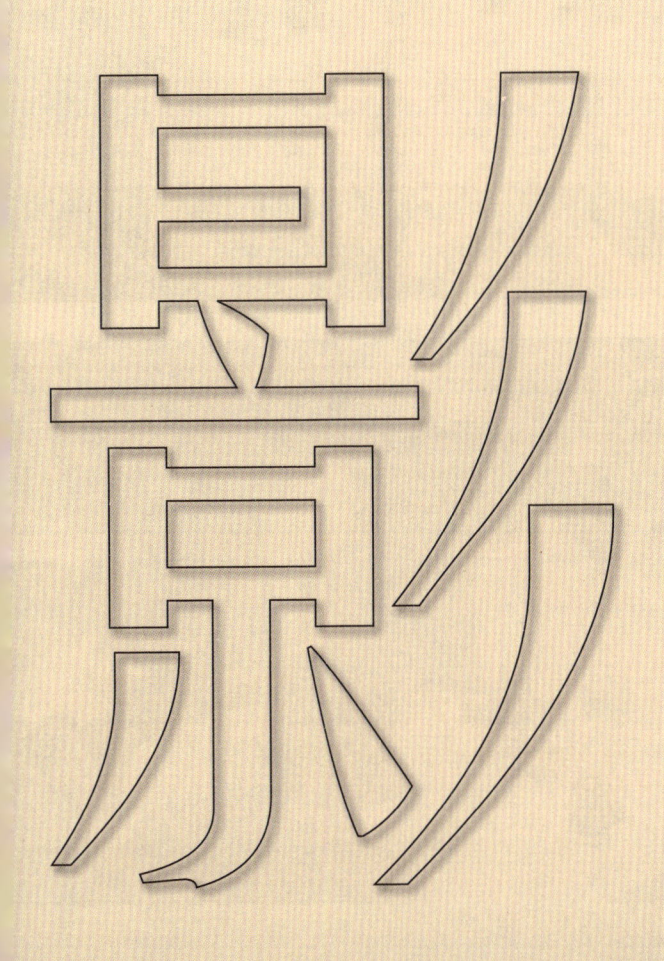

# 影

## 《我爱我家》幕后剧照

1993年，《我爱我家》开拍后，王朔（左一）回到剧组，与英壮（左二）、英达（右二）、梁左（右一）聊戏。

1994年，《我爱我家》于北京王府饭店举办停机宴。策划王朔（左）与文学师梁左（右）饭桌交谈。

片场周末，王朔（中）带冯小刚（左）来剧组探班。

蔡明（左）、梁左（中）、英达片场对戏。

北京广播学院片场，摄影王小京（左）、导演英达（中）、副导演林丛（右）拍戏中。

王小京（近）、英达于北京工运学院导演间剪辑切片。除导演外，英达还担任前40集的导播。

英达（中）给文兴宇（左）和宋丹丹讲戏中。

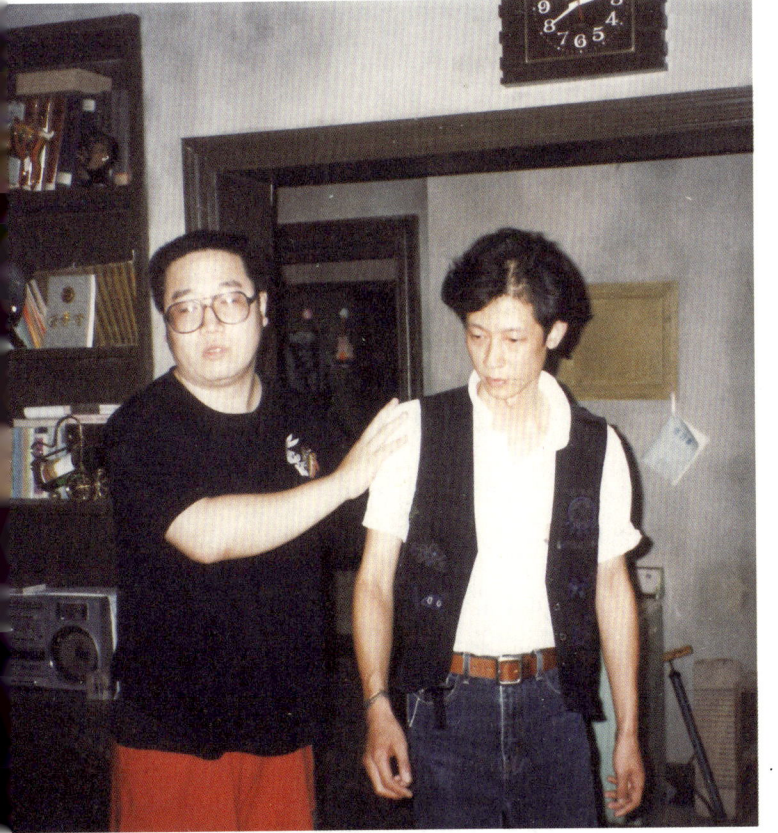

在剧组，英达给王志文讲戏。

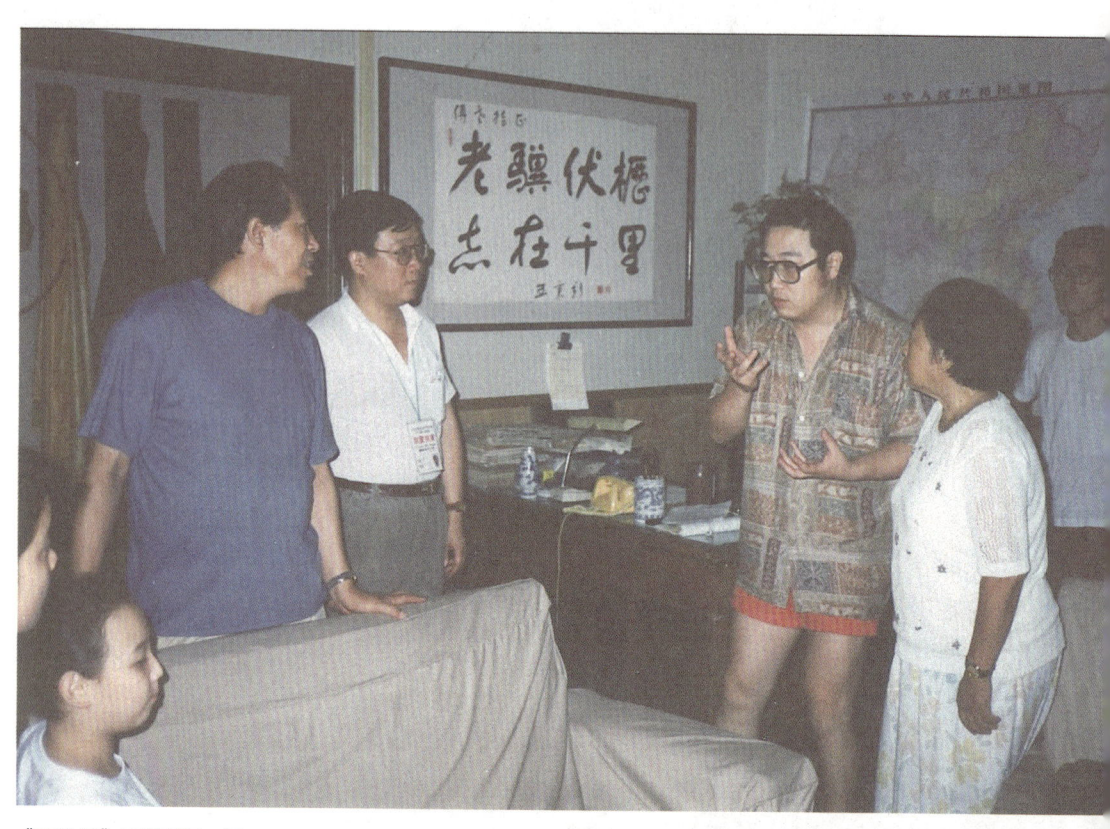

《灭鼠记》拍摄现场,梁左(左三)客串"灭鼠办梁主任"。

"青山不改,绿水长流!"——英达导演给葛优(左一)做示范动作。

《失落的记忆》拍摄现场。布景按剧情需要布置成了七十年代的样子。

葛优在片场化妆。

《不速之客》拍摄中,葛优在片场。图中可见纪春生"行头"之全貌。

文兴宇与关凌在北京广播学院。

韩影（左）与金雅琴在北京王府饭店停机宴现场。

关凌与英达在北京广播学院。

《我爱我家》剧组在北京工运学院内餐厅给蔡明过生日。

蔡明生日宴会现场。
左起：梁天、梁左、文兴宇、杨立新。

《我爱我家》后80集建组开机。

炎炎夏日，剧组众人观看备播带。为节约电费，空调未开，葛优（右一）赤膊上阵、大汗淋漓。左起：英达、林丛、王小京、文兴宇、葛优。

剧组众人观看《不速之客》备播带。

1994年,剧组为英若诚先生庆祝65岁生日。

1994年,《我爱我家》后80集在北京广播学院开机。

《我爱我家》结局大合影。

1994年，剧组为英达导演庆祝34岁生日。

《我爱我家》前40集拍摄地：北京工运学院演播室。

《我爱我家》后80集拍摄地：北京广播学院演播室。

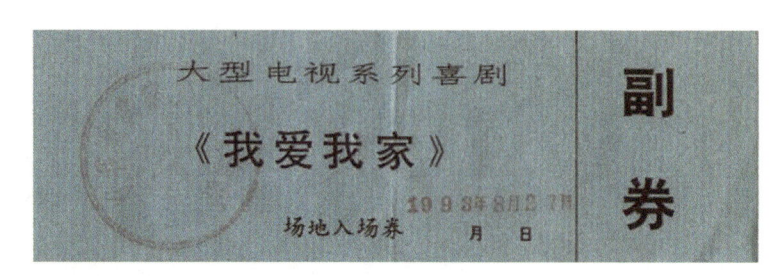

《我爱我家》实际入场券。

杨立新老师珍藏的《我爱我家》剧组工作证。

梁左在北京工运学院第一次用笔记本电脑写作。

梁左用于写作的笔记本电脑。

梁左与梁天合影。

梁左旧照。摄于北京工运学院。

梁左先生音容笑貌。